ANGÈLE,

DRAME EN CINQ ACTES,

NARRÉ ET COMMENTÉ

PAR Mme GIBOU

A SES COMMÈRES Mmes POCHET, LA LYONNAISE, etc.

PAR L'AUTEUR DE MARIE TUDOR

RACONTÉE PAR Mme POCHET A SES VOISINES.

> La femme n'est, à tout prendre, qu'un marchepied pour arriver aux grandeurs!!

PRIX : 50 C.

PARIS,

AU MAGASIN THÉATRAL,

MARCHANT, ÉDITEUR, BOULEVART ST-MARTIN, No 12;

JULES LAISNÉ, LIBRAIRE, GALERIE VÉRO-DODAT.

1834.

ANGÈLE,

DRAME EN CINQ ACTES,

NARRÉ ET COMMENTÉ

PAR Mme GIBOU

A SES COMMÈRES Mmes POCHET, LA LYONNAISE, etc.

PAR L'AUTEUR DE MARIE TUDOR

RACONTÉE PAR Mme POCHET A SES VOISINES.

(Roberge)

La femme n'est, à tout prendre, qu'un marchepied pour arriver aux grandeurs!!

Par Roberge d'après Barbier

PARIS,

AU MAGASIN THÉATRAL,

MARCHANT, ÉDITEUR, BOULEVART ST-MARTIN, N° 12;

JULES LAISNÉ, LIBRAIRE, GALERIE VÉRO-DODAT.

1834.

Impr. de Chassaignon,
r. Gît-le-Cœur, 7.

C'est une fort louable habitude que de se faire la barbe soi-même; cette corvée n'est pas tout-à-fait dépourvue de jouissances pour quiconque sait l'envisager du bon côté. D'abord, vous vous affranchissez d'un barbier, visiteur indiscret, qui recueille avec parcimonie vos joies et vos peines pour aller faire pleurer ou rire vos voisins à vos dépens; eusuite, quotidiennement ou de deux jours l'un, selon que l'épiderme de votre menton le réclame, vous vous donnez audience à vous même, vous vous congratulez sans témoins, et après vous être fait de ces mines gracieuses dont le miroir heureusement ne garde pas souvenir, vous pouvez impunément vous adresser la louange la plus outrée sans être contraint à rougir, personne n'étant dans la confidence de votre pensée.

Les louanges que vous vous jettez au nez et dont votre modestie ne saurait s'effaroucher, habituée qu'elle est à vos éloges, oseriez-vous vous les adresser tout haut? non, parce que vous avez entendu dire que les murs ont des oreilles.

Oseriez-vous les faire imprimer en tête de vos écrits, encore moins; vous craindriez de faire rire de pitié, car ce rire tue!..

Eh bien, ce que vous et tant d'autres n'eussiez j'amais osé tenter, M. Alexandre Dumas, dont j'estime fort le talent, (mais que lui importe l'estime des autres) il s'est donné la sienne. M. Alexandre Dumas, dis-je, vient de le faire: voyez l'exposition en tête de ses impressions de voyage et vous serez convaincu du cas qu'il fait de lui-même; vous acquérrerez même, chemin faisant, une autre conviction qui ne vous étonnera pas moins.

Or, j'ai beau creuser mon imagination et chercher une louange délicate qui puisse flatter l'auteur d'ANGÈLE; le cruel s'étant administré lui-même toute la dose qu'un amour-propre humain puisse supporter, m'enlève là jouissance de lui adresser le moindre éloge, encore une pratique de perdue me suis-je dit, moi pauvre barbier littéraire, en voyant M. Alexandre Dumas se barbifier lui-même

SCÈNES DE QUEUE.

LA QUEUE.

A la queue! à la queue! à la queue!

1er MUNICIPAL.

Vous pouvez pas vous mett'e là, bourgeois, faut prend'e la queue.

PRUDHOMME.

Je la cherche depuis deux heures, estimable municipal.

1er MUNICIPAL.

Dame! mon ancien, voyez jusqu'au bout.

PRUDHOMME.

Si ces dames voulaient faire une molécule de place à leur très-humble serviteur.

UNE DAME.

Impossible, Monsieur, faites comme nous, prenez la queue.

PRUDHOMME.

Prenez la queue! prenez la queue! je ne puis mettre la main dessus! où diable est-elle?

LA QUEUE.

A la queue! à la queue! à la queue!

2me MUNICIPAL.

Dites donc, vous, farceur, vous n'étiez pas là, tout-à l'heure?

PRUDHOMME.

Vous faites erreur, brave municipal.

LA QUEUE.

Non, Monsieur n'était pas là. A la queue! à la queue!

2me MUNICIPAL, *prenant Prudhomme au collet.*

Allons, mon vieux, faut s'en aller d' là.

PRUDHOMME.

Municipal, vous me déchirez; on peut s'expliquer,

il me semble, sans s'appréhender au collet, j'estime infiniment la garde municipale et...

2me MUNICIPAL.

J'ai pas besoin d'estime, moi, c'est pas dans ma consigne, j' suis municipal et voilà...

LA QUEUE.

Le municipal a raison, bravo, municipal ! à la queue ! à la queue !

PRUDHOMME.

D'abord, Messieurs, je ne sache pas qu'il me soit échappé de dire que le municipal avait tort, je suis incapable de m'oublier à ce point, et si j'avais l'ineffable avantage d'être connu de vous, Messieurs, vous ne me diriez pas...

LA QUEUE.

A la queue ! à la queue ! le bavard, à la queue !

PRUDHOMME, *avec dignité.*

Eh bien ! oui, Messieurs, je vais la prendre, la queue, puisque vous m'y forcez; mais cela ne m'empêchera pas de vous dire qu'un homme est un homme et dans les occasions ça se reconnaît...

LA QUEUE.

A la queue ! à la queue !

PRUDHOMME,

Messieurs, vous faites plus de bruit que de besogne avec votre queue !

LA QUEUE.

C'est méchant ce que vous dites là, l'ancien ! c'est très-méchant.

PRUDHOMME.

C'est possible, mais c'est comme ça; où se fourre-t-elle donc cette diable de queue?

LA QUEUE.

Par ici, au bas de l'escalier.

PRUDHOMME.

Enfin m'y voilà ! Dieu soit loué ! C'est un purgatoire !

1re VOISINE.

Faut bien faire queuqu' chose pour gagner le ciel.

PRUDHOMME.

C'est pour ça que Madame prend la queue?

1re VOISINE.

Tous les chemins conduisent à Rome comme on dit. Ah! v'là qu'on entre.

PRUDHOMME.

Pas encore.

1re VOISINE.

Pardon, j' viens d' sentir un mouvement d' la queue!

LE VOISIN.

Moi, je m'en vais soustraire mon parapluie au bureau.

PRUDHOMME.

Comment, est-ce qu'on paye pour les parapluies?

LE VOISIN.

Oui, Monsieur, ce n'est pas tant pour ce que ça coûte que le désagrément d'attendre en entrant et en sortant.

PRUDHOMME.

Diable! j'ai pris le mien parce que mon baromêtre était à la tempête. D'ailleurs un parapluie est un porte respect surtout quand on rentre tard; mais comment faire pour le soustraire au bureau.

LE VOISIN.

Faites comme moi, passez le manche dans une boutonnière et fermez votre redingote.

PRUDHOMME.

Vous avez parbleu raison, ça va comme un gant... ah! on avance encore.

1re VOISINE.

Y m' semble que j'ai vu cette voix-là quelque part.

2me VOISINE.

Qui donc? celle qui parle?

1re VOISINE.

Oui.

2me VOISINE.

J' vous en ferai pas mon compliment, y m' fait des infamies.

1re VOISINE.

Vous pouvez pas lui dire; tiens, moi, j' me gênerais pas.

2me VOISINE.

Dieu! que c'est insupportable!

1re VOISINE.

Changez donc d' place avec moi et vous allez voir.

2me VOISINE.

J' voudrais bien; mais y a pas moyen, car ce monstre est une vieille horreur. J' sais pas si vous êtes comme moi, mais quand un homme me manque, ça m' révolte.

PRUDHOMME, *à un voisin.*

Connaissez-vous l'auteur, Monsieur?

LE VOISIN.

Oui, Monsieur, on dit que c'est Alexandre Du...

PRUDHOMME.

Permettez, j'ai connu un Alexandre; mais il est mort ce ne peut-être lui... Ah! un instant, j'en ai connu un autre, un petit...

LE VOISIN.

Celui-là est grand...

PRUDHOMME.

C'est Alexandre le grand!!!

LE VOISIN.

Non, c'est le grand Alexandre, ce qui est bien différent; avancez donc, Monsieur, la queue marche.

PRUDHOMME.

Tout cela est vert verjus, verjus vert... Les anciens mettaient de préférence, l'adjectif après le substantif masculin.

DEUXIÈME VOISINE.

Poussez donc pas comme ça, avec vot substantif masculin.

PRUDHOMME.

Mille pardons, Madame, mais on me pousse horriblement...

DEUXIÈME VOISINE.

C'est pas une raison pour...

PRUDHOMME.

Madame, sur mon honneur ..

DEUXIÈME VOISINE.

Laissez-moi tranquille avec vot honneur, vos substantifs et vos adjectifs...

PRUDHOMME, *à un voisin.*

Je ne sais pas de quoi cette Dame se plaint...

DEUXIÈME VOISINE.

Moi je l' sais, et j' vous engage à finir...

UN VOISIN.

Ah! nous voilà aux marches?

PRUDHOMME.

Mon Dieu, est-on serré; c'est au point que je n'ai pu m'offrir une prise depuis que je tiens la queue

2e VOISINE.

Eh bien, Monsieur quittez la queue et prenez vot prise.

PRUDHOMME.

Je crains, ma voisine, de perdre ma position...

2e VOISINE, *d'un ton plus bas*

C' vieux dégoutant, il fait l'gentil encore...

1re VOISINE

Est-ce que y continue son manège?

2e VOISINE.

M'en parlez pas de plus en plus pire...

1re VOISINE.

Y a t-il des hommes qu'ont l'diable au corps.

PRUDHOMME.

Je puis enfin me permettre une prise.

UN VOISIN.

Allez donc, Monsieur, allez donc.

PRUDHOMME.

Poussez donc pas, ne poussez donc pas jeune homme... là, vous voilà bien avancé, n'est-ce pas, vous m'avez fait tomber la moitié de mon tabac... comme c'est agréable... oui, riez, c'est bien risible...

LE VOISIN.

Monsieur, ce n'est pas ma faute, on me pousse, force m'est d'avancer, ou diable aussi allez vous ouvrir votre boîte quand la queue marche...

PRUDHOMME.

C'est un petit malheur. (*A un voisin, offrant du tabac.*) En souhaitez-vous, Monsieur? (*A ses voisines du devant, d'un ton aimable.*) Ces dames n'en usent pas...

2ᵉ VOISINE.

Ah! ça, Monsieur, finirez-vous, ça passe les bornes!

PRUDHOMME.

Je ne vois rien d'inconvenant dans l'offre que j'ai l'honneur de vous faire, Mesdames...

2ᵉ VOISINE.

Je m'moque de vot offre... c'est c'que vous faites qu'est pas à sa place.

PRUDHOMME.

Veuillez de grâce me mettre sur la voie...

2ᵉ VOISINE.

Je vous répète, monsieur, que c'est une horreur! est-ce que vous croyez par hazard que les femmes se vident comme les volailles... j'lâche le mot à la fin, y a plus moyen d'y t'nir.

PRUDHOMME.

C'est vous, madame, qui remuez sans cesse, moi au contraire j'ai toutes les peines à garder ma position.

2ᵉ VOISINE.

C'est d' ça dont je m' plains.

PRUDHOMME.

Je veux être écartelé si j'y comprends..

2ᵉ VOISINE.

Encore, monsieur!

PRUDHOMME.

Madame, permettez je crois que j'y suis..

2ᵉ VOISINE.

C'est par trop fort, Monsieur! Monsieur!!!

PRUDHOMME.

Foi d' Prudhomme qu'est mon nom, c'est l' manche de mon parapluie à canne qui a tout fait.

1ʳᵉ VOISINE.

Tiens, monsieur Prudhomme! j' disais aussi, v'là une voix d' ma connaissance que j' connais. Comment vous portez-vous, monsieur Prudhomme? votre servante de tout mon cœur.

PRUDHOMME.

Mille pardons, Madame, je n'ai pas l'avantage...

1ʳᵉ VOISINE.

Madame Gibou, votre ancienne voisine de la rue du Chat qui pêche.

PRUDHOMME.

Parbleu, Madame, vous auriez bien dû me reconnaître plus tôt, vous auriez évité à ma moralité une infinité de désagrémens.

Mᵐᵉ GIBOU.

Ah! ma chère mame Chalamelle, vous étiez complètement dedans l'erreur.

Mᵐᵉ CHALAMELLE.

Par exemple, je n' suis pas ladre, Dieu merci.

Mᵐᵉ GIBOU.

J' vous dis pas; mais monsieur Prudhomme, est incapable, et si vous l' connaissiez comme moi, c' pauvre cher homme... Pardon, monsieur Prudhomme, du désagrément.

PRUDHOMME.

Vous m'avez mis l'esprit à la torture, je ne savais plus que penser de mon individu.

Mᵐᵉ CHALAMELLE.

Si j' vous ai mis l'esprit à la torture, vous pouvez vous flatter, vous, d' m'avoir joliment mis autre chose dans l' même état : c'est égal, pardon, excuse.

PRUDHOMME.

C'est moi qui vous en dois, Madame, pour mon

polisson de parapluie, et si j'avais pu penser... mais, par quel hasard, madame Gibou?..

Mme GIBOU.

J' vas vous dire, nous sommes ici une kirielle; nous avons évu des billets par la bonne de l'auteur, la même qui l'a sauvé du choléra.

PRUDHOMME.

Il a eu le choléra! il ne pouvait pas s'y soustraire, c'est une maladie asiatique.

Mme GIBOU, *à demi-voix.*

Dites donc, vous, mame Chalamelle, savez-vous c' que c'est que l' choléra?

Mme CHALAMELLE.

Comment voulez-vous qu' je l' save, puisque les médecins y perdent leur latin.

Mme GIBOU.

Eh bien! c'est la sciatique.

Mme CHALAMELLE.

La sciatique.

Mme GIBOU.

Oui, la goutte, si vous aimez mieux.

Mme CHALAMELLE.

Merci, j'aime mieux la boire que d' l'avoir. Oh! dites donc, sentez-vous comme moi c'tabomination d'infection?

Mme GIBOU.

N' m'en parlez pas, j'en prends plus que j' n'en use. Dites donc, monsieur Prudhomme, sans vous commander, une p'tite prise, car il y en a des uns par ici qui ont commis une indiscrétion.

PRUDHOMME.

Volontiers, Madame.

Monsieur Prudhomme passe son parapluie sous le bras gauche, le bout touche une dame enceinte qui est derrière lui; la dame, incommodée par le bout du parapluie, le repousse brusquement. Le parapluie, remplissant alors les fonctions de levier, enlève la tabatière que M. Prudomme tend de la main droite à madame Gibou : la tabatière et le tabac volent à tous les diables.

PRUDHOMME, *hors de lui.*

Ah! ça, Messieurs, c'est donc un parti pris; a-t-on l'intention de me mystifier, par hasard?

LA DAME ENCEINTE.

Du tout, Monsieur, c'est moi qui suis la cause innocente, ou du moins c'est votre parapluie.

PRUDHOMME.

Comment, encore mon parapluie?

LA DAME ENCEINTE.

Oui, Monsieur, vous me blessiez avec le bout, j'ai sur moi de lui faire changer de direction.

PRUDHOMME

Un parapluie est donc maintenant un objet de scandale : je le mets devant moi, il blesse madame par-derrière; je le mets derrière moi, il blesse madame par-devant. Veuillez me dire, Mesdames, comment il faut le mettre pour vous être agréable; on n'a pas exemple d'une pareille tyrannie; en définitive, le lézé c'est moi, mon tabac, ma tabatière, et des scènes fort désagréables pour un galant homme.

Mme GIBOU.

C'est moi que je vous dois des excuses pour tout ce qui arrive.

PRUDHOMME.

Non, madame, il paraît que c'est encore mon parapluie qui a fait des siennes; je reprendrai mon ancien, il est moins commode, mais il a cette commodité, c'est qu'il n'incommode pas... Avancez, madame Gibou, la queue me pousse.

Mme GIBOU.

Enfin on respire, nous v'là sur l' boulevart. Oh! quelle foule, voyez donc, mame Chalamelle; mais ousque peuvent être mame Pochet et la Lyonnaise?

Mme CHALAMELLE.

Vous savez bien que mame Pochet veut pas s' risquer dedans la foule, par rapport à son mioche.

Mme GIBOU.

Oh! qu' ça m'embêterait de traîner des enfans avec moi au pestaque.

UN GARDE MUNICIPAL.

Poussez pas, poussez pas, vous, là-bas.

PRUDHOMME.

Comment pouvez-vous présupposer, Municipal, que moi, ami de l'ordre, je veuille violer votre consigne?

LE MUNICIPAL.

Ah! ah! c'est vous l'homme aux phrases, soyez paisible, ou sans ça...

PRUDHOMME.

Permettez, Municipal, un citoyen...

LE MUNICIPAL.

Les citoyens, est-ce que j' les sens.

PRUDHOMME.

Excusez, Municipal, j'ignorais que vous étiez enrhumé du cerveau.

Mme GIBOU.

Y sont donc comme défunt les gendarmes, les municipales?

Mme CHALAMELLE.

Dam', écoutez donc, toujours les pattes dans l'eau comme les grenouilles...

LE MUNICIPAL, *à M. Prudhomme.*

Vous, si l' service me r'tenait pas ici, vous seriez déjà à l'ombre; mais, soyez tranquille, j' vous r'connaîtrai, enragé de républicain.

PRUDHOMME.

Républicain enragé! moi, l'ami de l'ordre et de l'état des choses actuelles, moi qui donnerait ma vie, mon sang, ma tête pour l'ordre public; moi qui sacrifierait le surplus pour la garde municipale, moi républicain! ah! municipal! vous m'affligez.

LE MUNICIPAL.

Vous, vous m'embêtez.

LA QUEUE, *poussant M. Prudhomme.*

Avancez donc, avancez donc.

PRUDHOMME.

Vous voyez bien, Messieurs, que le municipal m'en empêche avec sa carabine, qui me coupe le ventre et la respiration.

LE MUNICIPAL.

Toi, j' te coup'rai autre chose, si j' te rencontre.

PRUDHOMME.

A-t-il des idées féroces, cet homme-là; je ne lui ai pourtant rien dit.

Mme GIBOU.

Y sont tous les mêmes, y bisquent quand l' peuple s'amuse.

Mme CHALAMELLE.

D'abord un municipal, dès qu' ça voit rire, ça s'offusque, parc' que ça croit qu'on s' moque de lui, d'ailleurs y sont payés pour ça.

Mme GIBOU.

Ah! ça, est-ce qu'il est fou celui-là à cheval de v'nir dedans la foule.

LA QUEUE.

Allez donc plus loin, municipal, avec votre cheval.

Mme CHALAMELLE.

Faut-il qu'il soye imprudent de faire caracoler son cheval dans le sein de la foule.

PRUDHOMME.

Attendez, je vais lui parler, *au garde municipal*, Dites donc, municipal, si ce n'était pas une indiscrétion?..

Le municipal ne répond rien, le cheval piaffe de nouveau, et sans égard pour la foule se permet quelques licences.

Mme GIBOU.

Par exemple, si y pleut de c' vent-là, monsieur Prudhomme, j' vous d'mande une place sous votre parapluie.

Mme CHALAMELLE.

Il a dit queuqu' chose, le municipal?

Mme GIBOU.

Lui, rien, c'est sa bête... Ah! v'là l' bouquet; oh! mon Dieu, j'en ai plein moi, et jusque dans la poche de mon tabellier; v'là t'y pas du ragoûtant.

PRUDHOMME.

C'est intolérable! c'est de la dernière inconvenance.

Il frappe le cheval du bout de son parapluie, toutefois avec retenue, le cheval se jette en avant et manque de désarçonner son cavalier.

LE MUNICIPAL, *furieux.*

Qui qu'à battu mon cheval? où est-il? qu'on me l' nomme, ou j' vous mets tous au violon!

UN VOISIN, *désignant M. Prudhomme.*

C'est monsieur.

PRUDHOMME.

Permettez, municipal, il est vrai que c'est moi.

LE MUNICIPAL.

Ah! c'est vous l'homme de tantôt, j'avais bien dit que j' vous r' trouverai : vite, qu'on me suive au violon,

PRUDHOMME, *stupéfait.*

Tiens, c'est celui qui m'a menacé de me couper autre chose.

LE MUNICIPAL.

Voulez-vous m' suivre de bonne volonté... vous n' voulez pas?

Le municipal allonge le bras et extrait monsieur Prudhomme de la queue.

PRUDHOMME, *suspendu.*

Municipal, vous m'étranglez! municipal, vous m'assassinez!

UN BRIGADIER, DES SERGENS DE VILLE.

Qu'est-ce? qu'y a-t-il?

LE MUNICIPAL, *leur remettant M. Prudhomme.*

C'est monsieur, qui m' donne des coups d' parapluie, qui trouble l'ordre public et qui m'appelle assassin.

PRUDHOMME.

Mon brigadier, je vais vous expliquer...

LE BRIGADIER.

Ce n'est pas ici le lieu, suivez-moi.

PRUDHOMME.

Je n'ai rien à vous refuser, brigadier, entièrement à vos ordres.

Monsieur Prudhomme traverse la foule, entre au théâtre, veut exhiber son billet de spectacle; les Sergens de ville le conduisent au violon et l'enferment à clé : sur les neuf heures et demie, le brigadier se rappelle qu'il y a un homme au violon, il fait ouvrir pour procéder à son interrogatoire; monsieur Prudhomme, ennuyé d'attendre, s'est endormi.

LE BRIGADIER, *secouant M. Prudhomme.*

Dites donc, l'endormi, réveillez-vous, nous avons à verbaliser ensemble.

PRUDHOMME, *se réveillant en sursaut.*

La garde chez moi, pendant la nuit, qu'est-ce que cela signifie, messieurs?

LE BRIGADIER.

Voyons, farceur, vous allez m'expliquer le scandale que vous avez causé à la queue.

PRUDHOMME.

A la queue... Ah! j'y suis. Premièrement, honorable brigadier, veuillez me dire si je suis ici pour avoir blessé une dame par-devant, ou une dame par-derrière, ou...

LE BRIGADIER.

Diable, votre affaire est plus sale que je ne pensais. Qu'on fasse venir le garde qui a porté plainte.

LE MUNICIPAL.

Brigadier, d'abord le particulier que v'là a voulu forcer la consigne et prendre la queue par le milieu; bref, y va à la queue et r'vient à son tour, monsieur fait l' républicain, monsieur m' vexe et m' dit que j' suis enrhumé du cerveau; ensuite, comme j'étais de service à cheval, je r'trouve mon particulier qui m'allonge un coup de parapluie sans m' crier: gare!

PRUDHOMME.

Municipal, vous errez; ce n'est pas à vous, c'est à votre cheval qui avait fait des incongruités dans la poche d'une dame de ma connaissance.

LE BRIGADIER, *à M. Prudhomme.*

Taisez-vous, ce n'est pas le moment de vous expliquer. (*Au garde.*) Avez-vous connaissance que le délinquant ait blessé deux dames à la queue.

LE MUNICIPAL.

Comment dites vous ça, mon brigadier, est-ce que les femmes à c't heure...

LE BRIGADIER.

Qui vous parle de ça, le délinquant ici présent a-t-il blessé deux dames ?

LE MUNICIPAL.

J' peux pas vous dire, brigadier, on a beaucoup crié à la queue; mais c' particulier est capable de tout, et même de davantage.

LE BRIGADIER, *à M. Prudhomme.*

Maintenant, déduisez vos raisons, et répondez à l'accusation portée contre vous.

PRUDHOMME.

D'abord, vénérable brigadier, je n'ai pas voulu m'introduire clandestinement comme le prétend le municipal; ensuite, je ne suis pas plus républicain que le Grand-Turc ; le camarade me dit qu'il ne sent pas les citoyens, j'ai cru qu'il était enrhumé, là-dessus il dit qu'il me reconnaîtra et qu'il me coupera autre chose : voilà vos propres expressions, camarade !

LE MUNICIPAL.

Oui, mais pourquoi que vous, vous m'avez gratifié d'un coup de parapluie ?

PRUDHOMME.

Je l'avoue, municipal, mais...

LE BRIGADIER.

Savez-vous bien, Monsieur, que les peines les plus sévères frappent ceux qui troublent les agens de la force publique dans l'exercice de leurs fonctions.

PRUDHOMME.

Je n'ai tout au plus troublé dans l'exercice de ses fonctions que le cheval du camarade, et encore...

LE MUNICIPAL.

Qui frappe mon cheval me frappe, et celui qui ose manquer à mon cheval a affaire à moi, parce que le ch'val et l'homme n' font qu'un.

PRUDHOMME.

J'ignorais que dans votre honorable corps la bête et l'homme... je veux dire l'homme et la bête... ce n'est pas ça, l'homme et le cheval ne faisaient qu'un;

en ce cas, municipal, vous êtes passible de ce que vous avez fait dans la poche de ma voisine, car il faut être conséquent et partir d'un principe.

LE BRIGADIER.

Pas de mauvaise plaisanterie. Continuez.

PRUDHOMME.

Mais, voilà tout, brigadier, comme vous êtes un loyal homme et moi aussi, sans oublier le camarade, auquel je n'en veux pas quoiqu'il m'ait disloqué.

LE BRIGADIER.

Tant tués que blessés, je vois qu'il n'y a personne de mort. Vous Forte-Main, vous êtes trop vif, vous vous emportez pour un rien. (*A Prudhomme.*) Vous, monsieur, vous pouvez vous retirer.

FORTE-MAIN, *à mi-voix.*

Allons, v'là encore les coups de parapluies tolérés; maintenant y m' tueront que je ne dirai rien.

PRUDHOMME.

Mille remercimens, estimable brigadier : ma reconnaissance, mon estime, mon respect...

LE BRIGADIER.

C'est bien, c'est bien.

PRUDHOMME.

Me permettez-vous, brigadier, d'entrer au spectacle?

LE BRIGADIER.

Je ne m'y oppose pas; mais je doute que vous trouviez de la place.

PRUDHOMME.

Est-ce qu'on est entré?

LE BRIGADIER.

Si l'on est entré! il y a déjà trois actes de joués : il est dix heures passées.

PRUDHOMME.

Dix heures, en ce cas c'est tout ce que j'en verrai ce soir : d'ailleurs je rentre chez moi, parce que mon drôle de parapluie m'en a déjà fait trop ce soir, il pourrait bien me jouer encore quelque mauvais tour. Bonsoir, messieurs, mes amitiés chez vous, mes respects à vos dames. J'ai bien l'honneur de tout mon cœur.

SCÈNE D'INTÉRIEUR.

LA LYONNAISE.

Ah, mame Pochet, vous pouvez bien dire que c'est votre faute si nous sommes pas entrées.

Mme POCHET.

Aller me risquer dans une bagarre avec un enfant, mais y faudrait avoir perdu père et mère.

Mme GIBOU.

Fallait pas avoir peur et prendre la queue.

LA LYONNAISE.

Parbleu, c'est ce que j' voulais faire, mais avec Dodophe y a pas moyen de moyenner.

Mme CHALAMELLE.

Oh, les enfans, ça gêne dans bien des circonstances, allez. La pièce d'ANGÈLE en est bien une preuve, en parlant d' ça. Vous avez bien fait, mame Pochet, d'envoyer votre fils jouer chez la voisine, nous serons plus libres. Nous allons vous raconter ça, c'est mame Gibou qu'a la parole, parce qu'en sa qualité de concierge, elle a plus l'habitude que moi de parler au public.

Mme GIOU.

Vous savez d'abord tout ce que j'ai eu à essuyer à la queue pour pouvoir entrer.

LA LYONNAISE.

Oui, nous savons, mais je m' suis laissé dire que ça n' tachait pas. Dites donc, à propos, avez-vous évu des nouvelles de monsieur Prudhomme.

Mme GIBOU.

La bonne de monsieur Dufournel dit que ça ne sera rien, un rhume qu'il a gagné au violon, voilà tout.

Mme CHALAMELLE.

J' peux pas y penser sans rire, et quand je vois un parapluie à canne, je me rappelle ce pauve cher homme.

LA LYONNAISE.

Où diable allez-vous vous fourrer dans la tête que...

Mme CHALAMELLE.

Que, que, quoi? J'aurais bien voulu vous y voir.

LA LYONNAISE.

C'est égal, moi j'aurais reconnu ça du premier coup.

Mme POCHET.

Assez causé sur ce chapitre, voyons la pièce; mais est-ce que mesdemoiselles Reine et Verdet vont pas v'nir.

Mme GIBOU.

Eh bien, ça s'rait du propre, de raconter ça devant des d'moiselles.

LA LYONNAISE.

Ah ça, c'est donc bien croustillant.

Mme CHALAMELLE.

Un peu, que c'est croustillant, je m'en flatte!

TOUTES.

Dites, nous écoutons.

Mme GIBOU.

Je mouche mon nez, et m'y v'là.

ANGÈLE.

ACTE PREMIÈRE.

Mme GIBOU.

L' décor de la première acte r'présente une chambre à coucher qu'est pas trop mal meublée pour une hôtel garnie des Pyrennées, ous qu'elle se trouve avec des rideaux blancs en belle mousseline tout d' même tant à l'alcove qu'aux f'nêtres.

A gauche et à droite de l'alcove y a deux cabinets,

près des cabinets y a deux portes, près des portes y a deux fenêtres, ça fait une jolie chambre allez.

ANGÈLE c'est l'intitulée de la pièce, c'est sus l' corps de c'te pauvre fille que roule toute l'intrigue.

Madame Ernestine de Rieux qu'est l'épouse d'un marquis, c' qui l'empêche pas d'avoir un amant, bien du contraire, r'garde par la fenêtre de gauche et dit comme une femme qui bisque : voyez si y viendra, y sait pourtant bien que j' l'attends; eh bien! y s' promène dedans le jardin et avec qui, toujours avec c'te jeune fille. Oh! décidément il n'est plus l' même au vis-à-vis de moi.

Elle ferme sa fenêtre, parc' qu'elle marronne, elle sonne sa femme de chambre; allez me chercher monsieur Dalvimar, qu'elle lui dit, dites-lui que je l'attends pour prendre le thé.

LA LYONNAISE.

Du thé! merci, j' sors d'en prendre, j' sais ce que c'est.

Mme GIBOU.

Voilà monsieur d'Alvimar qui arrive, un grand blond à l'air fade, mais par où qu'il arrive c' monstre par l' cabinet qu'est une entrée particulière dont qu'il a la clef toujours de dessur lui.

Pourquoi que vous venez par là que lui dit Ernestine d'un ton un peu sèche.

Parceque je le veux qui répond et parceque ça m'évite de passer par la grande escalier, d'ailleurs m'avez-vous pas donné la clef, c'est pour que j' m'en serve que je suppose.

Oui, j'entends, que dit Ernestine, vous ne craignez plus de me compromettre, l'honneur d'une femme est si peu de chose pour vous. Le fait est que celui-là s'en fiche comme de baiser son pouce.

Et pourquoi toutes ces bêtises, que dit d'Alvimar, n' passez-vous pas pour ma sœur, qu'avez-vous à craindre? voyons, prenez-vous du thé?

Non, que dit Ernestine, j'en veux pas.

Vous n'en voulez pas, mame la Marquise, les volontés sont libres; moi, j' m'en offre et j'en accepte.

Voyons, que dit Ernestine, qui peut plus y tenir, d'impatience et d' mauvaise humeur, voyons! pourquoi qu' vous êtes avec moi comme vous êtes, pourquoi qu' vous m' rudoyez comme ça que ça n'a ni rime ni bon sens, pourquoi que moi, qui vous a tout sacrifié jusqu'à mon mari le marquis de Rieux...

Votre mari, dit d'Alvimar, en voilà encore une ganache première qualité.

D'Alvimar, que dit Ernestine, la fidélité du marquis mon mari en faveur de la branche cassée des Bourbons...

Eh, madame, que répond l'effronté, laissons là votre mari et parlons de moi. Je vois, Ernestine, que vous m' connaissez qu'en dessus; je vas vous faire lire au-dedans de moi-même, écoutez.

Ce langage dedans votre bouche m'étonne autant qu'il me surprend, que dit Ernestine.

Je serai bref, reprend d'Alvimar. Vous saurez que j'ai évu une fortune assez conséquente; mais un procès que j'ai perdu m'a enlevé mes fonds et mes espèces, v'là qu'est bon. Je reste avec mes vingt-un ans et vingt mille francs, c'était beaucoup et pas grand'chose. Je me dis : faut que j' tâte la fortune par tous les bouts. J'essaie pendant quatre ans, et j' mange mes vingt mille francs, v'là qu'est bon; j'avais donc alors vingt-cinq ans bien sonnés, et pas un sou dedans l' gousset, v'là qu'est bon. Voyant que c'métier-là m'a pas réussi, faut qu' j'en fasse un autre, que je m' dis, je m' mets à courir le monde, je fais des farces, des traits à toutes les femmes : une déclaration à une femme de qualité me vaut une place; ça m'encourage, j' continue : une aut'e fois j'embrasse une femme, ça m' vaut la croix d' Saint-Louis; j' continue encore, bref, j'en fais tant que j' deviens baron, et si les Bourbons n'avaient pas fait des bêtises, je n' serais pas obligé au jour d'aujourd'hui de recommencer ma fortune comme de plus belle...

Comment, que dit Ernestine, vous allez m' laisser là et r'courir la pertentaine!

Et oui, qui dit, y l' faut bien, puisque je suis ruiné jusqu'à plates coutures.

La marquise Ernestine, qui aime d'Alvimar, lui dit: y m' reste mes diamans, d'Alvimar, c'est tout ce que j'possède, j' vous en offre la moitié...

Y en aurait pas pour ma creuse dent, que dit d'Alvimar... J'ai pris mon parti, prenez l' vôtre, car j'ai recommencé la construction d' ma nouvelle fortune, j'ai posé la première pierre.

Et votre première pière est... que dit Ernestine.

Ma première pierre est mamzelle Angèle de Gaston, fille d'un officier-général qu'est bien à la nouvelle cour, parce qu'il est mort en 1815.

Ernestine se r'tire comme un croquet en voyant qu'y a pus rien à frire pour elle.

Je m'éloigne; qu'elle lui dit, je pars et j' m'en vas dedans une vieille campagne où je veux vivre ignorée et loin du monde.

Vous! que lui dit d'Alvimar, laissez donc tranquille, vous voulez m'enluminer. T'nez, j' parie avec vous tout c' que vous voudrez que dedans six mois j' vous r'trouverai à même la société plus belle et plus séduisante que jamais.

Vous vous trompez, que lui dit Ernestine. Elle sort sans lui répondre pour faire ses malles et ses paquets.

Alors arrive un p'tit maigre qu'est des amis de d'Alvimar, un peintre, Raimond, qu'est venu croquer queuqu'chose dans les Pyrennées. Dis donc, qui lui dit en entrant, j' vas à Paris, moi, pour jouir du coup-d'œil d' la capitale qu'est cul par dessus tête, la révolution d' juillet a mis tout sens d'ssus d'ssous; on dit qu'y a pus dans les rues ni pavés ni réverbères, et pus d' toits sur les maisons, ça doit être magnifique, je vas voir ça, viens-tu zavec moi?

Moi, non, j' reste ici, j' te souhaite bon voyage, que dit d'Alvimar, j'aime à m' promener quand les pavés sont en place.

Dis donc, en parlant d' ça, que dit Raimond, ta Marquise, comment qu'a va?

Mais, t'es bien bon, ça va pas mal, que dit d'Alvimar, c'est-à dire, qu'il r'ajoute, ça allait bien y a une heure, et à l'heure qu'il est à c'te heure, c'est fini.

Comment, fini? que dit Raimond.

Oui, mon cher, la Marquise part.

Je te laisse, dit Raimond, parce que vous devez avoir des choses à vous dire au moment d'une séparation.

Au contraire, que dit d'Alvimar, reste, y a la scie des larmes que j' veux éviter.

Arrive Ernestine qui, en voyant d'Alvimar en affaires avec quelqu'un, lui dit adieu et s'en va.

D'Alvimar et Raimond r'gardent par la fenêtre de droite, la voient monter en voiture, et fouette postillon.

Ah ça, dis donc, elle part, que dit Raimond?

Eh bien, bon voyage! répond d'Alvimar, j'ai ici garde à carreau; tiens, r'garde par c't aut'e croisée, ne vois-tu pas une jeune fille, là-bas, près d' cette maison, qu'est blonde et belle comme un ange?

Oui, après? que dit Raimond.

Après? cette jeune fille est mamzelle Angèle de Gaston, rien que ça, dont la manman fait tout ce qu'elle veut auprès du ministre de la guerre, eh bien, c'te jeune fille sera dedans peu mame d'Alvimar.

Mame Dalvimar, que dit Raimond, laisse donc, tu pavillonnes; y te faut la permission de la mère...

La permission de la mère, moi! j'ai la mienne, et ça m' suffit.

Excusez, que dit Raimond... en c' cas, j' te souhaite bien du plaisir, et j' continue mon voyage.

Va-t-en, si tu veux, que dit Dalvimar, j' vois pas aut'e chose à te dire pour le moment.

Raimond lui donne une poignée de main, et part pour Paris,

Arrive Henri Muller, le fils de l'hôtel, qu'est méd'cin, peintre, et qu'a mal à la poitrine de sa profession.

M. Dalvimar, qui dit, madame de Rieux, vot' sœur, quitte cet appartement, comme elle a emporté tous ses effets, voulez-vous faire enlever le reste? parce qu mamzelle Angélique et sa nièce mamzelle Angèle vont venir l'habiter.

Elles viennent ici ! que dit Dalvimar, par exemple en vlà de la chance, qui dit à part lui, et mon gredin rend pas la clef du cabinet qu'y garde toujours dedans sa poche de côté. Je vas donner des ordres, qu'il ajoute, pour faire évacuer le reste, il appelle son domestique qui emporte un petit paquet deux fois grand comme ma main.

Vlà que vlà mamzelle Angélique et sa nièce qui arrivent. La tante, par exemple, en vlà une drôle de peureuse qu'a pas sa pareille, elle voit, c'te femme, des hommes partout quand y en a pas, elle n'en veut pas voir quand y en a ; c'est sa manière de voir à elle, chacun son goût.

La première chose qu'elle dit en entrant : Voyons, qu'elle dit, que je visite les lieux. Et la vlà partie avec le bras de monsieur Henri Muller. Alors Angèle reste seule avec monsieur d'Alvimar qu'est un chauffeur de sexe. Mon monstre profite du quart-d'heure, et lui en conte, lui en conte, il vous la fait monter que ça en fait peine, il l'emberlificote de belles paroles que quand la tante revient, il a arraché un aveu à la pauvre Angèle.

Sitôt que cet infâme homme aperçoit la tante, crac il change de conversation, il parle de ses voyages en Espagne ; bref il monte des couleurs à la tante. Pendant ce temps-là Henry Muller s'en va parce que son père le fait d'mander.

D'Alvimar sort aussi.

J'aime la conversation de ce jeune homme, que dit mamzelle Angélique à Angèle, en parlant du baron d'Alvimar, il est gai, aimable ! et toi, Angèle, quoi que t'en dis ?

Dame ! que voulez-vous que j'en dise ? qu'alle répond.

Alors r'arrive monsieur d'Alvimar qui revient faire son galant comme de plus belle.

Pendant que la tante conte une vieille histoire de voleurs arrivée à une Comtesse et à un épagneul de ses connaissances, monsieur d'Alvimar tanne cette pauvre

Angèle qu'ose rien dire, y lui prend les mains, y lui prend les genoux; mais c'est pas tout, la tante lui dit : Monsieur d'Alvimar, aureriez-vous la valicence de me remonter c'te lampe qu'éclaire mal? Volontiers, qui dit : y la r'tourne à l'arebours, nuit totale, y tombe alors sur Angèle qui s'attend à rien et lui prend un baiser avant qu'elle ait pu dire ouf.

D'Alvimar sonne, il appelle pour qu'on apporte une lumière allumée.

Arrive de la lumière. Y s'excuse de sa maladresse et se r'tire en engageant mamzelle Angélique la tante à laisser la porte de sa chambre qui donne dedans celle de sa nièce, ouverte.

Du tout, du tout, que dit la vieille, c'est pas dans mes habitudes.

Bon, qui dit tout bas, ça m' chausse, j'en ferai mon profit.

La tante dit à Angèle : Faut te coucher, mon enfant, viens que je t'aide. Elle la déshabille. Tout en la délaçant et pour la tranquilliser, elle lui dit : Angèle, si y vient des voleurs quand tu seras couchée, n' crie pas à la garde, c'est un mauvais moyen; pour avoir du secours, crie au feu, c'est bien plus sûr.

La tante rentre chez elle et s'enferme à double tour. Angèle continue à se déshabiller que vous croireriez qu'elle va changer de chemise. Sa tante lui crie au travers de la porte qu'est fermée : es-tu couchée? Pas encore, que dit Angèle, je fais ma prière, c' qu'est pas vrai, parce qu'elle pense au baron d'Alvimar, au baiser et à toutes les bêtises de la soirée; bref elle passe derrière ses rideaux, se met dans l' lit, je vous souhaite bien le bonsoir, elle éteint sa lumière. La-dessus la toile tombe.

COMMENTAIRES.

Mme POCHET.

Pourquoi qu'il y a une entrée dedans l' cabinet?

LA LYONNAISE.

C'est comme dans les bureaux d' loterie pour les mises particulières.

Mme GIBOU.

Positiv'ment, comme dit la Lyonnaise, c'est pour ça.

LA LYONNAISE.

Ah! ça, j' croyais, d'après c' que vous avez dit, que votre baron allait venir, et que...

Mme CHALAMELLE.

Parbleu, pourquoi pas tout d' suite au milieu du parterre.

LA LYONNAISE.

J' dis pas ça, mais alors qu'est-ce qui peut savoir si...

Mme GIBOU.

On croirait, à vous entendre, la Lyonnaise, que dans votre pays on s' donne pas l' temps d' rentrer chez soi.

Mme POCHET.

En v'là, par exemple, un monstre d'homme qu'est moulé en profond scélérat, y s' sert donc des femmes pour relever ses affaires, celui-là?

Mme CHALAMELLE.

Comme vous dites, c'est un genre qui s' donne.

LA LYONNAISE.

L' plus souvent que je voudrais lui faire la courte échelle.

Mme GIBOU.

Laissez-moi dônc tranquille, vous y seriez prise comme une aut'e; d'abord y s' sert de vous sans que vous vous en aperceviez, et puis quand vous vous en apercevez, *n i* ni, c'est fini.

LA LYONNAISE.

Ah! pourquoi qu' la tante aussitôt qu'elle arrive qu'elle demande à visiter les lieux? elle a donc l' corps dérangé c'te tante-là?

Mme GIBOU.

Du tout, du tout, elle dit j' vas visiter les lieux pour dire j' vas prendre connaissance du local; mais c' qu'est drôle tout d' même, c'est que c'te vieille, qu'est poltronne qu'on en a pas d'idée, s'aperçoit bien qu'y a une porte dans l' cabinet de sa nièce, elle se contente de dire, elle est condamnée sans doute, et là-dessus elle va s' coucher.

Mme POCHET.

Angèle n' crie donc pas à la garde! au feu! comme lui a dit sa tante.

Mme GIBOU.

J' sais pas si elle crie, j'ai rien entendu.

Mme CHALAMELLE.

Non, elle a pas crié, puisque sa tante qui couche à côté, censé, n'entend rien.

LA LYONNAISE.

Un homme m' fait pas peur, mais quand on s'y attend pas, et que surtout c'est la première fois, excusez! C'est égal, j' trouve que l'acte serait bien plus intéressante si on avait vu v'nir le baron.

Mme POCHET.

Vous avez des idées qui sont d'un cocasse que ça m' passe, comment voulez-vous?..

LA LYONNAISE.

Tiens, elle s' déshabille, elle s' couche.

Mme CHALAMELLE.

Tout ça, c'est naturel.

LA LYONNAISE.

C'est donc plus naturel de coucher deux.

Mme GIBOU.

Pendant qu' vous jacquassez, Angèle en voit des dures, comme vous allez voir.

Mme POCHET.

Qu'est-ce qui fait Angèle, est-ce mamzelle... attendez donc, une énorme... Gorges?

Mme GIBOU.

Non, c'est une petite assez grassouillette, mais qui n'a pas d'énorme gorge.

Mme POCHET.

Alors c'est pus ma même.

LA LYONNAISE.

Voyons c' que voit Angèle.

Mme POCHET.

Oui, la s'conde acte.

Mme GIBOU.

Voilà, voilà, vous allez en voir de belles, allez.

ACTE DEUX.

Mme GIBOU.

Ça vous r'présente un salon meublé avec Angèle, la tante, d'Alvimar et Henry Muller; y sont là tous les quatre occupés à parler d' la pluie et du beau temps quand arrive le père Muller, un bon gros rougeot qu'est tout en noir.

Mme CHALAMELLE.

Moi j' trouve qui se ressemb'ent tous les deux.

Mme GIBOU.

Oui, comme un pain à cacheter rouge à un pain à cacheter blanc, enfin n'importe. Monsieur Muller, qu' dit le baron d'Alvimar, pourquoi qu' vous avez fait retirer l' portrait qui était dedans c'te pièce?

Parceque, monsieur le Baron, comme c'est l' portrait d' mon fils qui part je suis bien aise d'avoir sous les yeux la copie qui m' reste.

Est-ce mon ami Raimond qu'a fait ce portrait, que dit d'Alvimar.

Non, Monsieur, c'est mon fils, qu' répond Muller.

Oh! y s'a peint lui-même, dit la tante Angélique, j' voudrais voir ça.

Volontiers, qu' dit l' papa Muller, venez dans la pièce à côté et j' vas vous l' faire voir.

On s' lève et on passe dans la pièce au portrait.

Restez, j'ai à vous parler, qu' dit d'Alvimar à Angèle.

Elle ose pas lui dire non, la pauvre fille, parc' qu'elle n'a plus rien à lui r'fuser depuis qu'elle lui a tout accordé. Allons, qu' lui dit d'Alvimar, Angèle! mon ange! faut pas t'être comme ça c'est ridicule.

Mais c'est un crime c' que nous avons fait, M. d'Alvimar, qu' lui dit Angèle.

Non enfant, c'est une chose naturelle et qu'un bon mariage viendra bientôt légitimer; tout ça peut s' réparer, soyez calme.

J' peux pas m'empêcher d' rougir quand on me regarde, y m' semble que mon secret est écrit dessur mon front.

Tout ça c'est des bêtises, Angèle, mais on pourrait r'marquer notre absence à tous les deux, allez r'joindre la compagnie, moi j' vas aller au devant de votre maman et je r'viens après avoir fait sa connaissance.

Ma mère est jeune et jolie, Mossieur, que dit Angèle, n'allez pas l'aimer et lui faire comme à moi.

Y a pas de risques qu' répond d'Alvimar. Y conduit Angèle jusqu'à la porte.

Arrive Henry Muller qui dit à d'Alvimar j'ai à vous parler, Mossieur.

Voyons, dépêchons, car j'ai à sortir, moi, qu' dit d'Alvimar.

Est-ce que vous êtes pressé? qu' lui dit Muller.

Un peu, que répond d'Alvimar.

Alors fallait l' dire, on se s'rait t'hâté plutôt, qu' dit Muller.

Allons en deux temps, deux mouvemens, qu' dit d'Alvimar.

Voilà, qu' dit Muller. Vous aimez Angèle, Monsieur d'Alvimar?

La d'mande est limpide qui dit, et après...

Après, c'est qu' moi aussi je l'aime et d'un amour terriblement concentré en dedans moi et comme j'espère que vous lui direz rien, j'espère qu'elle s'en doutera jamais.

Et puis ensuite, qu' dit d'Alvimar.

Et puis j' voudrais savoir si vous la rendrez bien heureuse et si vous la r'cherchez pour l' bon motif.

Monsieur Muller, qu' dit d'Alvimar, j' pourrais m' dispenser d' répondre à toutes vos questions saugrenues; mais j' veux bien vous apprendre, si ça vous fait plaisir, qu' j'aime et qu' j'ai pas affaire à une ingrate; j' suis aimé, j' n'attends que l' moment pour demander et obtenir sa main.

C'te nouvelle me fait mal au brochet d' l'estomac, qu' dit Henry Muller tout bas.

Est-ce là tout c' qu' vous aviez à m' dire, qu' dit d'Alvimar.

Oui, qu' répond Henry.

En ce cas permettez qu' je me retire. Là-dessus y s'en va au-devant d' la mère d'Angèle.

Henry reste seul, y s' promène, y s' parle tout haut: y s'aiment, qui s' dit, et moi j' l'aime aussi pourtant, son amour me pèse comme un plomb dessur la poitrine, j' sens qu' j'aurai d' la peine à digérer c't amour-là.

Angèle et sa tante r'viennent féliciter Henry Muller sur son portrait. Mais pourquoi qu' vous vous avez fait un air renfrogné comme un homme de mauvaise humeur, dit la tante.

C'est pour qu'y r'ssemble, qu' dit Henry.

Ah! monsieur Henry, vous êtes plus aimable que votre portrait, faut pas dire ça, qu' dit Angèle.

J' suis sûre qu' votre tristesse vient d'une peine d'amour, qu' dit la tante.

L'amour, qu' dit Henry, l'amour! et qui pourrait aimer un pauv'e diable comme moi qu'est toujours maussade, triste, souffrant, avec une maladie mortelle que j' porte dans moi.

Faut pas avoir des idées comme ça à votre âge, faut pas vous plaindre, votre papa vous a fait apprendre la méd'cine afin qu' vous n'ayez pas d' visites à payer et qu' vous puissiez vous donner des r'mèdes à vous-même.

Oui; j' suis injuste, je l' sais, qu' voulez-vous? j' casse les arbres, j'écrase les fleurs, j' voudrais étouffer et faire périr toute la nature parc'que j'étouffe et qu' je péris.

N' parlons plus d' ça, qu' dit Angèle.

Dame! écoutez donc, qu' dit Henry, faut bien s' plaindre aux femmes d'puis qu' les anges n' viennent p'us sus la terre. J'entends une voiture. En disant ça, y s'en retourne.

Une voiture! c'est ma mère! qu' dit Angèle, et elle s'encourre au-d'vant d'elle.

Arrive la mère d'Angèle, la même qui jouait, il y a seize ans, à la Gaîté, avec le baron d'Alvimar qui vient d' lui sauver l'existence. On dirait qu'il est sorti tout exprès pour ça.

La comtesse de Gaston raconte comme quoi elle était descendue d' voiture pour flaner au bord d'un précipice, comme quoi la venette la prend, comme quoi elle allait s' précipiter dedans l' précipice quand un bras d' fer est venu l'arracher à la mort. Là-dessus les r'mercîmens, les bénédictions d'. pleuvoir dessur d'Alvimar qui dit : vous êtes bien bonne, y a pas de quoi.

La tante Angélique qui semble avoir perdu sa langue d'puis qu' sa cadette est arrivée, sort un instant. Sortez aussi, qu' dit d'Alvimar à Angèle, pour que j' jase avec votre manman de c' que vous savez.

J' vas voir ma tante, qu' dit Angèle.

Oui, vas, mon enfant, qu' dit la Comtesse.

J' vous laisse aussi, qu' dit d'Alvimar.

Comment, qu' dit la Comtesse, vous allez m' quitter sans m' dire le nom d' mon libérateur; mais c'est très-mal, ça.

Qu' vous importe le nom d'un malheureux comme moi? qu' dit l' Baron.

Vous vous plaignez, qu' dit la Comtesse, j' parie qu' vous apparteniez à la cour de Charles X.

C'est vrai, qu' dit le Baron; c'est pas eux que j' regrette, mais c'est ma fortune, mon rang, mes espérances, mon tran tran d' maison.

Que n' vous raccrochez-vous au nouveau gouvernement? qu' dit la Comtesse, y d'mande pas, mieux c' pauvre gouvernement!

Ah! j'y ai bien pensé, dit l' Baron, mais j' crains d' solliciter pour moi.

En c' cas faut vous marier; voulez vous m' charger d' cette commission, j' vous choisirai une femme huppée qu'aura d' quoi, qui vous fera honneur; alors c'est plus vous, c'est la famille d' votre femme qui sollicit'ra pour un gendre et vous n'aurez plus qu'à accepter.

Vous avez une demoiselle, madame la Comtesse,

qu' dit l' baron d'Alvimar, est-ce que vous pensez pas à la marier?

Dame! écoutez, monsieur le Baron, Angèle a seize ans, elle peut attendre, moi, j'ai trente-et-un ans, mariée à quinze ans au général Gaston j' connus qu'un an les douceurs du mariage, et Waterloo m'a rendue veuve à seize ans, j' suis plus pressée qu' ma fille, je m' marie d'abord et puis après j' penserai à elle, est-ce que c'est pas penser en bonne mère d' famille.

Parfaitement imaginé, qu' dit l' Baron, qu' a déjà changé d' plan.

Allons, monsieur d'Alvimar, qu' dit la Comtesse, faut venir à Paris, j' m'occuperai de vous, j'ai du crédit, je vous pousserai.

Je ne demande pas mieux que de me laisser faire; mais les voitures sont d'un rare dans c' pays que j' sais pas quand j' pourrai...

Vous m'y faites penser, j'ai ma chaise de poste avec moi et ma femme de chambre qui peut servir à quatre personnes, j' vous l'offre, elle est toute à votre service.

Mais, Madame, n' craignez-vous pas qu'on dise...

Que voulez-vous qu'on dise? vous voyagez avec votre domestique, moi, avec ma femme-de-chambre.

Vous avez toujours raison, madame la Comtesse.

En ce cas, j' compte sur vous; dedans une heure nous partons.

J' vas donner des ordres à mon domestique qui, décidément prendra la poste, parce qu'y pourrait nous gêner.

Comme vous voudrez, qu' dit la Comtesse, j'embrasse ma fille et j' suis prête.

Et moi aussi, qu' dit d'Alvimar,

V'là la tante et Angèle qui reviennent. La Comtesse prend une tasse de bouillon en l'air. Pendant c' temps-là d'Alvimar dit à Angèle : J' pars avec mame votre manman pour faire ses commissions auprès des ministres, et puis pour combattre les projets qu'elle a de dessur vous et qui s'opposent à notre bonheur réciproque.

Comment, qu' dit Angèle, vous partez, Mossieur?

Oui, mon enfant, qu' dit la Comtesse, j'emmène le Baron qu'a ses affaires à Paris.

Angèle pleure et reconduit sa mère jusqu'à la voiture.

Ousque va donc monsieur d'Alvimar, qu' dit Henry Muller qu'entre à la tante Angélique qu'a pas reconduit sa sœur.

Y va à Paris avec la Comtesse, qu' répond la tante.

Voilà donc le sujet des larmes d'Angèle, qu' dit Henry Muller à part lui.

Fin de la seconde acte.

COMMENTAIRES.

Mme POCHET.

Qu'est-ce qui veut donc lui faire voir, c' vieux père Muller, à c'te vielle tante Angelique?

Mme CHALAMELLE.

L' portrait d' son fils Henri, èt pas aut'e chose.

LA LYONNAISE.

Pourquoi alors qui l'apporte pas, tout l'monde l'verrait.

Mme GIBOU.

Ah! c'est qu'probablement son fils Henri est pendu à un clou; dans la pièce d'à côté.

LA LYONNAISE.

Décidément c'te pauv'e Angèle l'a donc gobé tout du long.

Mme CHALAMELLE.

Et mon Dieu oui, c'te chère enfant, on lui a introduit ça par l'entrée particulière en question.

LA LYONNAISE.

Dites donc, c'te pauv' chatte qui croit que c'qu'elle a fait est écrit dessur son front! Est-elle simple, celle-là, ça s'rait du propre, si les fronts d' femmes étaient barbouillés de tout c' qu'on leur fait.

Mme POCHET.

Voyez-vous, dans vot'e pièce, y a des choses qui m' paraissent farces tout d' même, par exemple, j' crois qui faut pas êt' médcin pour prende des rmèdes soi-même; moi j'ai jamais appris la médcine, c' qui m'empêche pas de m' servir de bonne amie comme un ange.

Mme CHALAMELLE.

Vous confondez, tous les lav'mens sont des r'mèdes, mais tous les r'mèdes sont pas des lav'mens.

LA LYONNAISE.

Vot'e Henry Muller est un tapageur, un brise tout... y a donc pas d' gardes-champêtres, dans c' pays-là, qu'y dévaste tout dans les campagnes des aut'es.

Mme POCHET.

Qu'est-ce que c'est que cette mère d'Angèle, voyons un peu; elle doit être déjà dessur l' retour, pour jouer c' rôle-là.

Mme GIBOU.

Mais, mais, entre vingt-trois et vingt-quatre ans.

Mme POCHET.

C'est pas possib'e, elle aurait donc évu de sept à huit ans, quand elle était à la Gaîté, puisqu'elle y jouait: *Il y a Seize Ans.*

Mme GIBOU.

Dame! v'là c' que j'ai entendu dire par la queue, et la queue, voyez-vous, ça connaît toutes les actrices sur le bout d' son doigt.

LA LYONNAISE.

C' baron d'Alvimar a donc des fameux membres, qu' la comtesse dit qu'il a un bras d' fer.

Mme GIBOU.

Oui, y paraît assez trapu, quoiqu' grand et fluet.

LA LYONNAISE.

En c' cas, Angèle s'a pas du trouver à la noce, avec un merle comme ça.

Mme POCHET.

La mère en veut donc r'tâter.

Mme. CHALAMELLE.

Tiens, c'te pauv'e mère, mettez-vous à sa place;

mariée à quinze ans, veuve à seize, à peine l' temps d' s'y faire, et puis, r'lâche pendant quatorze ans consécutifs.

LA LYONNAISE.

Ça c' conçoit, et que d' reste; mais c' monstre de Dalvimar, y se r'jette donc sur la mère, maint'naut.

Mme GIBOU.

Vous n' t' n'ez pas l' bout, allez; M. d'Alvimar s' propose d' vous en montrer long.

M^{m} POCHET.

Vot'e mame Gaston m' fait l'effet d'une fameuse farceuse, à peine qu'elle voit c' baron, qu'elle l'invite à partir avec elle.

LA LYONNAISE.

Moi, à la place d'Angèle, j'voudrais pas confier à ma mère mon amant bras d' fer, parc' qu'on n' sait pas c' qui peut arriver en voiture, la nuit, sur la grande route, et puis, vot'e Dalmivar m' semble un grand désœuvré qui cherche toujours à faire l'amour pour tuer l' temps; avec ça qu' la mère n'a pasl'air endormi; tout ça, voyez-vous, chacun son goût, ça n' s'rait pas l' mien.

Mme POCHET.

Dites donc, mame Gibou, savez-vous bien qu' v'la déjà deux actes, et y a pas encore grand chose.

Mme GIBOU.

Pas grand chose, excusez! Une fille séduite; une mère qu'en vaut pas mieux; mais, patience, vous allez voir, ça va chauffer tout à l'heure, et j'dis vigoureusement.

Mme POCHET, *d'un ton sec.*

C'est égal, j' crois pas qu' ça vaille Victor Hugo, vot'e Dalvimar, voyez-vous, son bras d' fer et tout c' que vous voudrez, n' s'rait que d' la ripopée auprès d' Marie-Tudor.

Mme GIBOU.

Mame Pochet! mame Pochet! attendez, avant que d' condamner faut entendre.

Mme POCHET.

Allons! j'écoute et je m' tais, mais j'en suis pour c' que j'ai dit.

ACTE TROIS.

Les décors, c'est tous les mêmes, toujours des chambres, dans c'te chambre y a un domestique qui range.

Entre monsieur d'Alvimar comme un homme qu'est habitué au logis ; ousqu'est la Comtesse? qui dit au domestique,

Dans sa chambre qui s'habille.

C'est bon laisse-moi, y tire un papier d'sa poche, et dit : y faut que j' porte Raimond sur ma liste.

L' domestique revient annoncer monsieur Raimond.

Tiens, qu' dit d'Alvimar, t'arrive comme mars en carême ; je m' parlais de toi, et j' te portais au nombre des invités d' mon bal de c' soir.

Un bal, qu' dit Raimond, chez mame la comtesse de Gaston, mais y faudrait par avant m' présenter à c'te dame.

C'est pas nécessaire, ce soir j' f'rai tes excuses; d'ailleurs, sois tranquille, j'en agis tout à la bonne franquette, parc' qu'on va devenir ma femme.

T'épouse, qui? que dit Raimond,

La mère, la comtesse, qu' répond d'Alvimar.

Ah! ça, et la fille, qu'est-ce que t'en fais?

Rien, elle est toujours près d' sa tante dans l' fond d'une vielle terre.

Dis donc, j'ai que l' temps bien juste de m'habiller, qu' dit Raimond, j' m'en vas et je reviens, v'là qui sort.

Mame la comtesse de Gaston arrive habillée toute en tulle de dentelle, un costume qui doit lui coûter joliment cher, allez.

Comment, vous êtes pas encore habillé, qu'elle dit à d'Alvimar, mais allez donc.

J' vous d'mande qu' dix minutes pour ma toilette, et j' suis à vous. Ah! à propos, j'ai invité Raimond, mon ami.

C'est comme moi, j'ai invité monsieur Henry Muller, vous savez, qu'est v'nu à Paris, avec sa santé qu'est de plus en plus délabrée, l' pauvre jeune homme.

Fameux convive qu' ça fait, qu' votre Henry Muller.

Dame, j'ai pas pu m'en dispenser, il est venu me voir.

Alors qu' dit d'Alvimar, j' vas m'habiller et y sort.

Vous f'rez entrer tout l' monde qui viendra dans l' salon, qu' dit mame de Gaston à son domestique, à moins que ça soye mame de Targy, que vous m'amènerez ici.

Oui, qui dit, on s'y conformera; mais y a là en bas une dame qui d' mande à vous parler à vous-même en particulier.

C'te dame vient sans doute pour le bal, qu' dit la Comtesse.

J' crois pas, dit l' domestique, on vient pas danser avec une chaise de poste.

C'est bon, faites entrer.

Ah! mon Dieu, qu' dit la Comtesse, comment c'est toi, Angèle, mais pourquoi qu' t'es tout en noir.

Parc' que ma tante est morte.

Tiens, qu'elle répond, c'est drôle, elle m'en a rien dit, ni toi non plus.

Manman, j'ai préféré r'venir près d' vous plutôt que d' rester près d'elle.

T'as bien fait, mon enfant, mais tu viens dans un mauvais moment, j' donne un bal; tiens, passe dans la chambre qu'est là, et si je peux m' sauver un instant, j' t'irai voir.

Oui, manman, qu' dit la pauvre fille, qui s' garde bien d'entr'ouvrir son manteau.

Angèle entre dans la chambre, et madame de Gaston s'en va. Arrive d'Alvimar qu'est tout en noir comme un notaire; il n'est pas plutôt là que l' domestique annonce mame de Targy.

Faut que j' vous dise, les voisines, qu' mame de Targy est la protectrice de monsieur d'Alvimar, qui la connaît pas parce qu'elle a changé d' nom; mais c'est égal, elle le connaît, elle, comme vous allez voir.

Comment, qu' dit d'Alvimar, vous mame la Marquise, vous mame de Rieux, aujourd'hui mame de Targy, mes yeux ont la berlue, mon esprit bat la berloque, et c'est vous qu'êtes ma protectrice. Alors vous saviez donc pas qu' c'était pour moi que vous sollicitiez.

Si, mossieu, qu' dit mame de Targy, j' savais tout ça, et c'pendant j' vous apporte votre brevet d'ambassadeur.

Pas possib'e, mame la Marquise.

Ne m' donnez plus c' nom d' marquise, dites mame de Targy ou la maîtresse du ministre si vous aimez mieux, vous avez l'air de douter de ma sincérité, eh bien, voyez vous-même, qu' dit mame de Targy en lui r'mettant un papier.

L' bon Dieu m' patafiole, c'est vrai tout d' même, c'est une belle et une bonne nomination, mais quoi que j' vois d'ssus : y faut partir dedans vingt-quatre heures.

Oui, Mossieu, ou sans ça l'ambassade passe à un aut'e, et alors bernique sansonnet.

J' vous r'connais là, Ernestine, c' trait m' prouve que vous avez d' la rancune, et si vous avez d' la rancune, c'est qu' vous avez encore d' l'amour.

Moi de l'amour pour vous, pas si bête, c'est un tout autre sentiment qu' vous m'inspirez.

T'nez, mame de Targy, j' partirai pas et v'là l' cas que j' fais d' votre nomination : là-dessus y chiffionne son brevet.

A votre aise, qu'elle lui dit.

Arrive mame la comtesse de Gaston, qui dit à mame de Targy : comment, vous étiez ici, méchante, et vous me l' faisiez pas dire; mais v'nez donc, nous manquons d' jolies femmes : elle emmène mame de Targy. D'Alvimar dit tout bas à mame de Gaston, r'venez ici j'ai à vous parler, le plutôt possib'e s'ra le meilleur.

Mame de Gaston r'vient, mon Dieu, qu'elle lui dit, quoiqu' vous avez donc, vous m'effrayez.

Y faut, mame la Comtesse, que ce soir sans plus tarder vous annonciez à votre bal notre prochain mariage.

A quoi qu' vous pensez donc, d'Alvimar, vous voulez que j' dise une chose pareille d'vant tout l' monde, c'est pas possib'e, et puis j'oubliais d' vous dire que ma fille Angèle est r'venue.

Angèle, que dit d'Alvimar ?

Oui, elle est là qui repose; sa tante est morte, voilà l' motif.

Diable, que dit d'Alvimar à part lui; ça à l'air d' vouloir filer un mauvais coton.

Quoiqu' vous dites, d'Alvimar ?

J' dis qu' vous avez raison, qu'il faut attendre pour annoncer notre mariage.

Arrive c' gringalet d' peintre, et Raimond qui dit à la Comtesse : vous m'avezpromis, Madame, de danser la prochaine d'avec moi, voulez-vous bien permettre, si c'est un effet d' la vôtre.

Volontiers, que dit la Comtesse, et y sortent tous les deux.

Alors, quand d'Alvimar est seul, y sait plus si y doit s' donner à Dieu ou au diable, Angèle qu'est r'venue, mame de Gaston qu'est là, mame de Targy qui l' menace, tout ça est pas rassurant du tout, son pauvre esprit bat la campagne; pour le r'mettre, v'là la bonne d'Angèle qui lui apporte une lettre qu'est pressée, y lit et y s'écrie : c'est pas possib'e, ta maîtresse se trompe, c'est un paquet qu'elle me fait.

Ma maîtresse se trompe pas, et elle fait pas d' paquet, v'nez, dépêchez, ça presse, qu'y a pas un instant à purdre.

D'Alvimar y va, mais en r'chignant.

Arrive Henry Muller, toujours pâle, toujours triste, toujours souffrant.

Qu'est-ce que j' suis venu faire ici moi, qui dit, j'en sais rien, ma parole d'honneur.

Y n'a pas plutôt dit ça qu' r'vient d'Alvimar tout hors d' lui, y n'a plus figure humaine. Mon Dieu ! qui dit, à qui m' confier, où trouv'rais-je c' qui m' manque et c' qui lui faut... Ah! qu'il ajoute en apercevant Henry Muller, v'là mon homme, v'là c' qui m' manque, et vlà c' qui faut à Angèle.

Mossieur, qui lui dit, vous d'vez savoir à votre âge

et comme méd'cin c' que c'est qu' l'honneur d'une femme, c'est ça que j' veux vous confier; mais vous l'avez jamais vue, vous d'vez jamais la r'connaître, et pour ça y faut qu' vous consentiez à remplir vos fonctions en Collin-Maillard.

Ça m'est égal, que dit Henry Muller, j' suis prêt.

En c' cas partons, Mossieur, que dit d'Alvimar, et y sort avec Henry Muller.

L' bal s' termine p'tit à p'tit, tout l' monde parti, mame de Gaston veut entrer chez sa fille, la femme de chambre lui dit : mame la Comtesse, votre fille, mamselle Angèle, dort, la dérangez pas.

Au fait, c'est vrai, j' la verrai tout aussi bien d'main matin, qu' dit la Comtesse, et elle s'en va.

La femme de chambre est sur les épines, mon Dieu ! qu'elle dit, ma pauvre maîtresse, y viennent pas eux, et l'autre vient toujours.

Sur c' coup d' temps-là, on frappe à une f'nêtre qui donne sur la rue; enfin que, dit la femme d' chambre, c'est pas malheureux, elle ouvre, entre d'Alvimar qu'est suivi d'Henry Muller qu'à les yeux bandés.

Y a pas d'lumières dans la chambre d' ta maîtresse, qu' dit d'Alvimar à la domestique.

Pas la queue d'une, qu'elle répond.

Marchons, Mossieu, que dit d'Alvimar à Henry Muller qui va toujours comme on l' pousse.

Fin de la troisième acte.

COMMENTAIRES

Mme POCHET.

Votre Raimond y doit user joliment d' bottes à traîner ses guêtres partout après d'Alvimar.

Mme GIBOU.

Il est nécessaire à l'autre, voyez-vous, c'est comme le paillasse d'un escamoteur.

LA LYONNAISE.

Moi, mame Gibou, c' qui me semble drôle c'est d' voir qu'Angèle a attendu les grandes douleurs pour s'

décider à venir chez sa mère. A sa place j'aurais pas bougé de place, j' serais restée dans la vieille terre d' ma tante pour faire mon nouveau-né et puis après ça à la bonne heure.

Mme CHALAMELLE.

Est-ce qu'on a la tête à ce qu'on fait dans ces momens-là, et puis c'était peut-être une envie d' femme grosse.

Mme POCHET.

C'est égal ! la Lyonnaise a raison; elle veut rien dire, rien faire connaître à sa mère. Ousqu'elle vient pour ça, juste chez sa mère, c'est fin comme Gribouille, ça.

LA LYONNAISE.

Votre mame de Targy aussi en v'là une fameuse échelle, tout le monde peut y grimper à ce qui paraît, elle est pas bégueule, celle-là.

Mme CHALAMELLE.

Ecoutez, écoutez donc, cette femme a pas d'état, pas d' fortune et le goût du grand monde et de la dépense, faut être juste aussi, et puis au fait et au prendre, elle en a qu'un à la fois, faut pas tant crier.

Mme POCHET.

Excusez d' la liberté, qu'est-ce que nous f'rons donc nous autres malheureuses si les nob'es se conduisent comme ça.

Mme GIBOU.

Chacun son métier : nous nous sommes honnêtes et pas davantage.

LA LYONNAISE.

Tout le monde en veut donc, de c' d'Alvimar, c'est donc un amour d'homme.

Mme GIBOU.

Y n'a pourtant rien d'extraordinaire au physique.

LA LYONNAISE.

Alors c'est qu'il a un mérite caché qu'il montre pas à tout le monde.

Mme POCHET.

Bref, votre Angèle fait ses couches, accordé; mais pourquoi que d'Alvimar va prendre Muller, est ce qu'à Paris y a pas d'autre accoucheur ? et payer pour payer, j' crois qu'il valait mieux se confier au premier v'nu que d'aller mettre sa maîtresse dedans les mains de son rival,

Mme GIBOU.

Mais puisqu'il l'aime plus.

Mme POCHET.

Pourquoi qu'y se tourmente tant?

Mme GIBOU.

Parce qu'il craint les cancans qu'on ferait dedans le quartier sur la mère et sur la fille.

Mm POCHET.

Voulez-vous que j' vous dise, c't enfant là est tiré par les cheveux, y vient pas naturell'ment.

LA LYONNAISE.

Y a encore une autre farce : tout le monde est parti, y a pus personne, Muller a les yeux bandés, il peut pas r'connaître la maison, pourquoi qu'alors d'Alvimar l'amène par la fenêtre?

Mme CHALAMELLE.

En voilà une fameuse encore, en le faisant entrer par la fenêtre, d'Alvimar est sûr qu'il pourra pas compter le nombre des marches.

LA LYONNAISE.

Ça c'est juste, j'ai rien à dire.

Mme POCHET.

Oui, ça l'avance joliment, y r'connaît pas l'escalier, mais y r'connaît la fenêtre.

Mme GIBOU.

On dira ç' qu'on voudra, mais cinq minutes après la toile baissée on claquait encore.

Mme POCHET.

Les claques, voyez-vous, c'est comme la croix d' la Légion-d'Honneur, c'est pas toujours les ceux qui la méritent qui l'ont.

Mme CHALAMELLE.

Oh! vous, mame Pochet, Alexandre Dumas c'est pas votre auteur.

Mme POCHET.

C'est vrai, moi ça m' fait crier quand je vois des injustices criantes; tenez, mettez dans la balance votre

Angèle avec son garçon et Marie Tudor, et puis vous me direz lequel qui l'emporte.

LA LYONNAISE.

Moi, je dis pas mon opinion, je veux avant savoir à quoi m'en tenir.

Mme CHALAMELLE.

La Lyonnaise raisonne, elle; continuez, mame Gibou, ça m'amuse encore comme si j'y étais.

Mme GIBOU.

Nous passons à la quatrième acte.

ACTE QUATRE.

Encore une chambre, et toujours des chambres ousqu'y a des femmes, l'auteur n' sort pas d' là; dans celle-ci, Angèle est ancore sur l' flanc, en blanc, toute déshabillée avec des pantouffles, comme une femme enfin qu'a éprouvé des chagrins, des peines et des déchir'mens de tout's sortes.

Arrive la comtesse de Gaston, qui lui dit : comme t'es malade de d'puis quatre jours, et qu' tu veux rien prendre, rien consulter, tu m'inquiètes, tu m'affliges extraordinairement; Angèle, n' fais pas l'enfant, mon enfant, et laisse toi faire, c'est pour ton bien.

Elle se doute pas, la pauv'e mère, que l'enfant est fait, et qu'il y a neuf mois et quatre jours qu'Angèle s'est laissée faire, et au même, encore.

Enfin qu'elle lui dit : j'ai fait v'nir un méd'cin.

J' veux pas l'voir, qu' dit Angèle, les hommes me donnent des haut l'cœur.

Mais c'est p'utôt un ami qu'un méd'cin, c'est Henri Muller.

Ah! qu'dit Angèle, si c'est lui, non, dites-y qu'il entre.

La mère s' lève d'auprès d' sa fille, qui reste toujours sus l' flanc, pour des raisons à elle particulières.

M. Muller, qu' dit la comtesse, j' vous laisse seul à seul avec ma fille, j' vous en prie, arrachez-lui son s'cret, j' veux pas assister à c'te opération, j' me r'tire.

C'est bon, qui dit; j' vas tâcher, et y vient s'asseoir auprès d'elle.

Angèle, qui lui dit : c'est moi, Henry Muller, vot'e ami, qui vient pour vous voir, est-ce que vous avez rien à lui dire, voyons, quoi qu' vous éprouvez?

Moi, qu'elle dit, la fatigue du voyage, voilà tout...

Vous avez d' la fièvre, Angèle, qui lui dit en lui tâtant l' pouls, et j'vois dedans vos yeux queuque chose qu'est pas naturel dans une fille.

Que voulez-vous dire, que dit Angèle, en s' levant de toute sa hauteur.

J' vous dis, Angèle, qui r'prend, que tout c' que j' vois m'étonne et m' surprend au dernier des points, ça vient jusqu'à moi, et ça m' passe; mais c'est pas possible... vous, Angèle! vous la vertu et la candeur en personne! Vous êtes toujours la vertu et la candeur, n'est-ce pas? c'pendant d'Alvimar sortait d' cette chambre, y a quatre jours, quand il est v'nu réclamer mon s'cours; y m'a am'né les yeux bandés, en entrant je m' suis bousculé contre un meuble, près d'une porte; c' meuble est encore là, la f'nêt'e donnant dessur la rue est aussi à sa même place, enfin tout est encore dans le même état, c'est fini, j'ai p'us d' doutes. Angèle, y a quatre jours j' suis v'nu ici, et au lieu d'Angèle vertueuse et candide, qu'est-ce que j'ai trouvé?

Mossieu! que dit Angèle avec effroi.

J'ai trouvé une femme qui... qui continue.

N'ach'vez pas Henry, qu'dit Angèle, vous possédez mon s'cret, c'était vous qu'étiez ici, il y a quatre jours, vous en êtes bien sûr, n'est-ce pas? vous voudriez pas m' tromper, vous... Comment que s'porte mon enfant? qu'en avez vous fait?.. nous irons l' voir ensemb'e, pas vrai, on peut pas r'fuser à une mère d' voir son enfant, on fait pas des horreurs comme ça.

Ecoutez, Angèle, n'faisons pas d'enfantillages, qu'dit Henry, faut tout dire à vot'e maumam, les t'nans, les aboutissans, enfin tout...

Comment, vous voulez que j' lui lache l'mot, qu' dit Angèle.

C'est pas l' cas d' faire la p'tite bouche. Angèle, faut lui allonger ça en douceur, si vous voulez; mais parlez, parce qu'y faut qu' Dalvimar r'pare sa faute et vous épouse, et promptement encore, où sans ça, malheur à lui, malheur à moi! y m' payera de tout son sang les larmes qu' vous versez, et qui sont autant d' gouttes de plomb fondu qui m' tombent sus l' cœur... Allons! j' vous laisse, j' vas dire à mame vot'e mère de v'nir. Y sort et vient mame Gaston.

Voyons, mon Angèle, on dit qu' t'as queuque chose à m' dire, allons, conte moi ça, en bonne fille.

Oh! j'ose pas, qu' dit Angèle.

J' vas, pour t'encourager, t' faire aussi une confidence : Dis donc, j' vas m' marier mon enfant.

Ah! qu' fait Angèle, j' peux pas m'y opposer, Mais sois calme, ma fille, ton bonheur m'occupe comme si de rien n'était... Est-ce que toi aussi t'aimé quelqu'un? Comme ça n'peut être qu'un homme à la tête de ses affaires, ça pourra s'arranger.

Oh! maman, c'est pas ça.

C'est pas ça, qu'dit la mère; alors j'y perds mon latin, queuqu' ça peut être?

Oh! aye! aye! dit Angèle, si j'avais là mon enfant, je l' jettrais à vos genoux, y parl'rait pour moi.

Quoi! qu' dit la mère, tu s'rais... Par exemp'e, c'est un peu fort d'café; pourtant, qu'elle continue, l'nom du père du mioche... tu n' dis rien... est-ce que t'aurais à rougir aussi de c' côté-là.

Non, manman, bien au contraire, c'est un homme calé, qu'a d' quoi, y m' la prouvé, c'est mossieu l' baron d'Alvimar.

D'Alvimar! qu'dit la mère en tombant aux g'noux de sa fille, mais c'est à moi, à t' faire des excuses... c'était aussi l' mien, et c'est lui dont tout-à-l'heure j' te parlais... Ah! j' frémis, malheureuse mère! j'allais arracher l'morceau d' la bouche de mon enfant!!

Et vous aussi, manman, est-ce que y vous aurait...

Non, dit la mère, mais y s'en a peu fallu; un instant plus tard, et j' faisais ma fille... Sois tranquille, j' vas l'habiller d' taff'tas pour quarante sous.

Elles sortent en disant ça.

Fin de la quatrième acte.

COMMENTAIRES.

LA LYONNAISE.

Par exemple, votre monsieur Alexandre Dumas n'est pas un antichambre, car y sort pas d' là.

Mme CHALAMELLE.

La Lyonnaise, v'nez que j' vous embrasse, vous v'nez d' faire un calembourg délicieux.

LA LYONNAISE, *avec fierté.*

Oui, il est assez propre.

Mme POCHET.

Moi, j' m'attache qu'au fond, et j' dis qu'il est bien étonnant qu'Henry d'vine tout d' suite qu'Angèle a fait un enfant, tandis qu' sa mère s' doute de rien.

Mme GIBOU.

Y a des raisons pour ça ; on lui a pas bandé les yeux, à c'te femme, v'là pourquoi qu'elle y voit moins clair.

Mme POCHET.

Et puis, est-ce que ça s' voit dans les yeux, ça?

Mme CHALAMELLE.

Et ceux qui d'vinent quand on est vierge, c'est bien plus fort.

LA LYONNAISE.

Pour ça, c'est des bêtises; j'en ai fait l'expérience, y n'y connaissent rien.

Mme POCHET.

Ah! pourquoi que la mère, qui s' jette aux pieds d' sa fille, lui dit : l' père de ton enfant est le mien aussi.

Mme GIBOU.

Comment! elle dit pas qu' mossieur d'Alvimar est son père. Comme vous épluchez tout ça ; c'est vous qui en feriez des drôles de pièces.

Mme POCHET.

Vous n' m'entendez pas. Pourquoi qu' la mère dit à sa fille : ton amant est mon amant; tu l'aimes, je l'aime, nous nous aimons, ça n' peut qu' lui faire de la peine, à c't enfant, et en bonne mère, elle aurait dû garder ça pour elle.

LA LYONNAISE.

Mame Pochet a raison, la mère s' conduit comme

une enfant; ça n'a pas l' sens commun, mais c'est égal, c'est beau.

Mme CHALAMELLE.

C'est si magnifique que j'en pleure encore; fallait, voir, dans la salle, tout l' monde, y avait qu'un cri, personne disait rien, mais les mouchoirs d' poche allaient leur train, oh! allez.

Mme POCHET.

C'est un succès d' battoir, et pas davantage.

Mme GIBOU.

Qu'est-ce qu'y vous a donc fait, l'auteur, pour l'arranger comme ça?

Mme POCHET.

Moi! rien; mais c'est pas mon homme.

Mme CHALAMELLE.

Eh bien, allez voir la pièce, et vous r'viendrez dessur son compte.

Mme POCHET.

Quoi qu' vous trouvez donc d'étonnant dans la pièce? c'est unc intrigue de Bourbe.

LA LYONNAISE.

J' dis pas ça; voyons la fin, car c'est là qu' les chiens s' peignent.

Mme GIBOU.

Ça finit bien et ça fait mal; mais j' veux rien vous dire pour vous surprendre.

Mme POCHET.

Parbleu! mossieur d'Alvimar épouse Angèle, ça se d'vine.

Nme GIBOU.

Du tout, il l'épouse pas.

Mme POCHET.

Alors...

Mme GIBOU.

Alors, vous allez voir; écoutez.

ACTE CINQ.

Encore une chambre ou une salle avec salle à gauche, salle à droite, salle partout enfin; mais celle-là est différente des autres, elle donne sur un jardin.

D'Alvimar a fait probablement des réflexions; Angèle et son enfant l'embêtent, il sent bien que mame de Gaston doit le détester par tous les bouts; il en est là quand Raimond, son ami, lui dit :

Voyons, enfin, laquelle des deux que t'épouses?

Moi, qui répond, ni l'une ni l'autre.

Au fait, tu as raison, que rajoute Raimond, c'est le moyen de pas faire de jalouse; mais si j'ai un conseil à te donner, c'est de décamper, et pus vite que ça.

C'est ce que je m'en vas faire, je file à mon ambassade, et puis après, cherche, appelle, ni vu ni connu, y a pus personne. Adieu, Raimond, je vas me disposer.

Adieu, d'Alvimar, bon voyage et bonne chance, que lui dit Raimond, porte-toi bien et moi aussi.

D'Alvimar, avant de passer dans la salle de gauche, dit à un domestique, si y vient quelqu'un, j'y suis pour personne en général et même en particulier; il rentre dans la salle de gauche.

Le domestique va faire un petit tour dans le jardin.

Alors arrivent mame de Gaston et Henry Muller par la salle de droite.

Mame, que dit Henry, le Baron doit partir ce matin, employez tout, les larmes, les prières, pour le retenir; pas d'emportement, surtout, vous viendriez gâter l'affaire de votre fille qu'a pas besoin d' ça.

J'ai à cœur l'affaire de mon enfant; restez dans cte salle à côté, et de là vous entendrez tout sans être vu, et vous me direz si je sais prendre une affaire du bon côté.

Henry rentre dans la salle de droite; le domestique r'vient de faire son ptit tour.

Ah! que dit la Comtesse, vous vlà, annoncez moi à votre maître.

Madame la Comtesse, y est pas pour le quart-d'heure, que dit le domestique.

En ce cas, je l'attendrai, que dit la Comtesse.

Je crains que Madame attende long-temps; il est sorti pour toute la journée.

Ça fait rien, j'ai le temps, que dit la Comtesse.

Monsieur d'Alvimar appelle tout haut son domestique, et vient lui-même dans la salle ousque la Comtesse attend.

Vous me faites donc dire, à moi, que vous y êtes pas, monsieur le Baron ?

Mame la Comtesse, des affaires conséquentes...

C'est bon, qu'elle dit, je ne connais d'affaire conséquente que l'affaire de ma fille, en vlà une qui ne devrait pas vous sortir de l'idée.

Ne parlons pas de ça, Mame, si ça vous est égal.

Ça se trouve mal, qu'elle dit, je ne viens ici que pour ça, et pas pour autre chose.

Vous me permettrez de me retirer, qui dit.

Non, au contraire, vous resterez; vous ferez pas un affront semblable à ma fille, à mon Angèle, et c'est à vos pieds, à mains jointes que je vous en prie; ayez pitié des larmes d'une mère qu'est au désespoir si vous la refusez, et qu'est au comble de la joie si vous êtes sensible à sa prière.

Allons, Maame, qui dit, relevez-vous, je cède; vous détruisez tout mon av'nir; adieu mes projets de fortune; mais vous êtes la plus forte, je succombe... allez vite chercher un notaire, faites diligence.

Vous êtes un dieu, un ange, une divinité, que dit la Comtesse. Elle sort sans prendre de chapeau ni de châle, par le jardin, pour aller chercher le notaire.

Monsieur d'Alvimar rappelle son domestique qui était dans le jardin (y paraît que c'est là l'antichambre). Les chevaux de poste tout de suite à ma voiture, qui dit, et que je sois en route avant que la Comtesse rarrive.

Y parcourt son portefeuille. J'ai des billets ma suffisance, qui dit; j'ai mon passe-port et assez de papiers pour les besoins de ma route... Ah, diable! qu'il ajoute, j'oubliais l'essentiel, mon diplôme d'ambassadeur : il est dans ma chambre, je vas le chercher, je reviens et je pars, ensuite mame de Gaston fera de sa fille ce qu'elle voudra, quand à moi je m'en bats l'œil. Il entre dans la salle de gauche.

Henry sort de la salle de gauche : en vlà-t-il un renforcé scélérat en quatre fils au talon! ça me dégoûte d'être homme quand je vois des choses comme ça, qui dit; mais au jour d'aujourd'hui c'est r'çu, ça s'appelle de la diplomatie... Un instant, mossieur l'ambassadeur, vous êtes pas encore parti. Il va à la porte, la ferme en dedans, prend la clé dedans sa poche, et se met à écrire deux mots de lettre.

Arrive d'Alvimar qui va pour sortir. Enfoncé! y trouve la porte fermée, pas de clé; il remue la porte, mais c'est comme s'il chantait. Y se retourne et voit Henry qui le regarde les bras croisés.

Là dessus, les yeux brillans ni pus ni moins que deux briquets phosphoriques, il s'avance sans rien dire, et lui dit : Quels sont vos armes, Mossieur, choisissez, l'épée ou le pistolet.

L'épée, Monsieur, que dit Henry, j'ai pas la main sûre; le pistolet, j'ai la vue trouble; mais le seul combat que je puisse accepter avec vous, est un pistolet sur deux et à bout portant.

Je le veux bien, que dit d'Alvimar. Vos témoins, de chargé qui dit.

J'en ai pas de besoin, que répond Henry, j'ai écrit une lettre que j'ai dessur moi, où que je dis que je me suis tué volontairement moi-même.

J' vas en faire autant, que dit d'Alvimar, pour que vous soyez pas inquiété en cas d'événement. Il écrit sa lettre et la met dedans sa poche.

Prenez garde, Monsieur le Baron, que dit Henry, ce duel s'appelle le combat de Dieu, et Dieu est juste; faites vos réflexions.

Laissez-moi tranquille, avec vos réflexions, je passe dedans ma chambre pour prendre ma boîte à pistolets.

J'accepte, que dit Henry; mais, un instant, mossieur le Baron, y a pas de seconde sortie dans votre chambre.

Ah! Monsieur, finissons, que dit d'Alvimar, les yeux de plus en plus phosphoriques; restez ici, et je reviens, quand même y aurait les cent portes de Thèbes.

Arrive Angèle qui dit à Henry : Eh bien, y m'épouse, y consent à me donner son nom! vous savez ça, vous, mon meilleur ami.

Oui, ça prend une certaine tournure, que dit Henry.

Eh bien! c'est drôle, que dit Angèle, plus le moment approche et plus je le redoute.

Comment, que voulez-vous dire? que dit Henry.

Je dis, je dis que je n'aime pas cet homme, et que je l'ai jamais pu sentir.

Ah! Angèle, vous auriez dû dire ça plutôt; mais enfin, c'est égal, vaut mieux tard que pas du tout... Et moi qui vous aimais d'un amour si tendre, si respectueux, c'est pas moi, par exemple, qu'aurais jamais osé me porter à des brutalités envers vous, oh! non, je vous aime trop pour ça...Dieu de Dieu! que le mot j'aime dans votre bouche doit être oli,

Oh! Ah! Henry! que dit Angèle.

Voyons, Angèle, un p'tit mot de tendresse, si p'tit qu'il soye.

A quoi que ça vous avancerait, puisque j'épouse l'autre?

Bon, que dit Henry, je n'en demande pas davantage; maintenant, taisez-vous, j'ai du bonheur pour jusqu'à la fin de mon existence, et même davantage.

Revient monsieur d'Alvimar avec sa boîte de pistolets qu'il cache en apercevant Angèle; je suis à vos ordres, Monsieur, qui dit à Henry.

Je vous suis, répond Henry.

Vous sortez, Messieurs? que dit Angèle.

Oui, nous allons à deux pas, dans le jardin, régler une p'tite affaire de peu de conséquence, et nous r'venons tout de suite.

Ils sortent tous les deux.

Mame de Gaston revient avec un notaire. Mettez-vous là, qu'elle dit au notaire en lui montrant une table. Où sont donc ces Messieurs? qu'elle demande à sa fille.

Ils étaient là y a qu'un instant; y sont sortis tous les deux ensemble. Ça m'a paru drôle... je n'sais pas, mais j'ai des inquiétudes.

Quels sont les noms du futur, Madame ? que dit le notaire.

Là-dessus on entend un coup de pistolet.

Qu'est-ce que c'est que ça ? dit la mère.

Oh! mon Dieu, je parie que c'est quéque chose, dit Angèle.

Arrive Henry, pâle, tout défait, coiffé en coup de vent.

Les noms du futur, que redit le notaire, qui s'occupe que de son état.

Mettez Henry Muller, mossieur le Notaire, que dit Henry, et ajoutez que je reconnais mon enfant, qu'il rajoute,

Comment! qu'est-ce que ça veut dire ? que dit la mère.

Ça veut dire, Madame, que le Baron vous trompait encore une fois : y voulait s'enfuir de nouveau.

Quoi! mossieur Muller, que dit Angèle.

Oui, Angèle, y avait de dessus terre un homme devant qui vous auriez toujours rougi; ça pouvait pas être comme ça, et je l'ai tué.

Mais, Monsieur, que dit Angèle, il y en a encore un autre.

Oh! pour celui-là, que repart Henry, soyez tranquille, y n'a pas long-temps à vivre; je sens que je m'en vas visiblement, sans qu' ça paraisse.

COMMENTAIRES.

Mme POCHET.

Vote baron d'Alvimar est une fameuse horreur, et j' crois qu' mame de Gaston doit en avoir tout son saoul.

Mme CHALAMELLE.

Et la fille, donc, qu'en a eu jusque par-dessus les bords.

LA LYONNAISE.

Comment sait-on que l' domestique r'vient d' faire son p'tit tour dans l' jardin ?

Mme GIBOU.

Parc' qu'y r'vient... Ah! j'y suis, c'est qu' j'ai dit y

r'vient d' faire son p'tit tour ; mais y faut bien que c't homme s' tienne queuqu' part, puisqu'y a pas d'antichambe.

Mme POCHET.

Angèle est une fille qui raisonne pas du tout, tout d' même; quand elle aime pas d'Alvimar elle s' laisse faire un enfant; quand d'Alvimar veut réparer l' déchet qu'y lui a causé, elle l'aime pus.

Mme CHALAMELLE.

Ah! un instant, c't enfant lui a été colloqué à son insu.

Mme POCHET.

Il est joli, à son insu; vous allez p't-être me dire aussi qu'elle ronflait quand l'aut'e lui a r'passé la muscade.

LA LYONNAISE.

Elle ronflait ou elle ronflait pas, n'importe, l' fait est qu' pour avoir avalé la douleur, faut qu' ça lui aye conv'nu, puisqu'elle a pas crié; mais j' partage l'idée d'Henry Muller, qui lui dit : vous vous y prenez un peu tard pour v'nir dire que vous avez jamais pu l' sentir; et puis, quelle est la femme qui croira qu'elle s'est laissée faire sans l' sentir?

Mme POCHET.

C'est plein d' choses comme ça; c'est comm'vot' notaire qu'entend un coup d' pistolet et qui, au lieur de dire quoi qu' c'est ça qu' j'entends, qui d'mande les noms du futur.

LA LYONNAISE.

Il est possibe qui soye sourd, c't homme.

Mme POCHET.

Dans c' cas-là on l' dit.

LA LYONNAISE.

Total général, c'est d'un intérêt qui va de plus fort en plus fort jusqu'à la fin; mais ça finit d'une manière lugube.

Mme CHALAMELLE.

Ça pouvait pas finir autrement.

Mme POCHET.

Et pourquoi que d'Alvimar n'aurait pas épousé, lui, plutôt qu' d'obliger Muller à venir rebadigeonner toutes les dégradations qu'il a faites à Angèle.

Mme GIBOU.

Allez dire tout ça à l'auteur, ça me r'garde pas, moi; mais conv'ez qu' la pièce est jolie jusqu'au bout, v'là du moins l'avis d' tout un chacun, car on a demandé l'auteur avec des cris à faire casser les verres du lustre; quand il a été nommé c'était bien plus pire. Les acteurs, les actrices sont v'nus saluer l' public, ma foi, si c'est pas là un succès, j' m'y connais pus.

Mme POCHET.

Au premières r'présentations c'est toujours des amis ou des gens payés.

Mme GIBOU.

Alors, il a donc tout Paris pour amis, ou bien y paie tout Paris, car tout Paris va voir sa pièce.

Mme POCHET.

Patience, patience, nous verrons c' que ça dur'ra; allons nous coucher, en attendant.

TOUTES.

Oui, car il se fait l'heure.

LA LYONNAISE.

Comme ça, la morale d' la pièce est qu' la femme n'est à tout prendre qu'un march'pied pour arriver aux grandeurs... c'est commode tout d' même pour les hommes !!!

FIN.

www.ingramcontent.com/pod-product-compliance
Ingram Content Group UK Ltd.
Pitfield, Milton Keynes, MK11 3LW, UK
UKHW022130170726
13837UKWH00003B/1482